GRANDEDENT,
PRESQUE TERRIFIANT

SCHOLASTIC

Tu as, en toi, le courage de faire
peur à tes peurs. — V. F.

Pour Léa — F. B.

Catalogage avant publication de Bibliothèque et Archives Canada

Titre: Grandedent, presque terrifiant / Valérie Fontaine;
illustrations de Fanny Berthiaume.
Noms: Fontaine, Valérie, 1980- auteur. | Berthiaume, Fanny, illustrateur.
Identifiants: Canadiana 20210331224 | ISBN 9781443192132 (couverture rigide)
Classification: LCC PS8611.0575 G74 2022 | CDD jC843/.6—dc23

Édition publiée par les Éditions Scholastic, 604, rue King Ouest,
Toronto (Ontario) M5V 1E1 CANADA.

5 4 3 2 1   Imprimé au Canada 114   22 23 24 25 26

GRANDEDENT, PRESQUE TERRIFIANT

Valérie Fontaine

Fanny Berthiaume

Grandedent, le monstre effrayant, se promène de ville en ville et de village en village pour terroriser les enfants.

Longtemps après son départ,
les enfants se cachent
sous leur couverture,

ils vérifient sous leur lit et dans leur placard,
et ce, tous les soirs.

Grandedent est très fier d'être
un monstre compétent.

Grandedent a envie de faire hurler de nouveaux enfants. Son chemin l'a mené à Bravoureville. Tant de petits ont entendu parler de lui, ils en font sûrement des cauchemars la nuit. Aujourd'hui, ils seront servis. Ils rencontreront Grandedent pour la première fois.

Une maisonnette attire son attention. C'est l'endroit parfait pour entamer sa visite de la ville. Grandedent s'assoit et attend la noirceur. Il sait qu'elle est une bonne complice. Dans le noir, sa dent brille, sa silhouette terrifie.

Dès que la nuit tombe, il se permet d'entrer sans frapper...

Il fait grincer la porte. L'escalier gémit sous son poids. Il peut trouver les chambres d'enfant les yeux fermés... Elles sentent toujours les vieux toutous, les crayons à colorier et les draps fraîchement lavés.

Il grogne en entrant dans la chambre sombre et dévoile sa canine scintillante.

Le monstre ne fait jamais mal aux bambins. Il veut seulement leur arracher quelques cris, les faire frissonner; ça le fait rigoler.

Il avance donc sa patte velue pour gratouiller les pieds nus de l'enfant endormi...

Mais au lieu de crier « MAMAN! », le garçon bondit sur son lit et enchaîne des coups de pied de karaté en criant des « Kiai! » à qui mieux mieux.

Aussitôt, Grandedent, le cœur battant, repart sans regarder derrière.

Recroquevillé derrière un arbre, il tente de reprendre son souffle. Que s'est-il passé? Qui était cet enfant bizarre? C'est la toute première fois qu'on lui réserve un tel accueil!

Le monstre décide de se reposer dans une ruelle. Ces nouvelles émotions l'ont épuisé...

Le lendemain soir, il passe par la fenêtre d'une grosse maison. Il gronde. Il grince. L'incident de la veille est déjà oublié.

– **GRR... GRRAAAA...** grogne-t-il de plus en plus fort.

CLIC CLIC font ses griffes sur le plancher...

Il s'avance lentement dans la chambre...

Au troisième grognement, une petite fille se redresse dans son lit. Elle ne crie pas. Elle dévisage Grandedent... Soudain, elle se lève pour aller chercher des objets étranges.

Elle s'approche du monstre et, en un tour de main, lui fait une multitude de couettes sur la tête et lui trace une grosse ligne de rouge à lèvres sur la bouche. Elle sourit à Grandedent et retourne se coucher, ravie.

Surpris, Grandedent reste quelques instants debout au milieu de la pièce. Lorsqu'il se décide enfin à partir, il bute sur un jouet et tombe à la renverse!

Il se relève maladroitement et se sauve en courant. Ça ne va plus.
Ces enfants le mettent dans tous ses états! Il se hâte de s'endormir
dans un coin sombre pour oublier ces nouvelles mésaventures.

Le troisième soir, il tente une nouvelle fois sa chance en approchant de la maison au bout du chemin. Son cœur bat trop fort!

Il ne se doute pas que, cette fois, une gamine lui enverra une rondelle de hockey sur le front...

Que le quatrième soir, un petit lui mettra de force une bavette orangée et lui enfoncera une purée répugnante dans la bouche en lui disant : « Mange bébé, c'est miam miam! »

Plus les soirs passent et plus Grandedent craint d'entrer dans les maisons.
Il a des sueurs froides, les pattes moites, la gueule sèche.

Il a beau contrôler les tremblements dans son rugissement, sortir ses griffes,
hérisser ses poils, rien ne fonctionne.

Les enfants de Bravoureville ne craignent rien...

Ce sont de vraies terreurs! Ils semblent tous avoir des astuces différentes
pour le faire fuir. C'est à n'y rien comprendre et ça devient très inquiétant...

Le jour suivant, incapable de dormir, Grandedent se cache pour observer les habitants de la ville.

Il veut ainsi découvrir ce qui pourrait leur donner la trouille... et trouver un plan infaillible pour effrayer les garnements.

Dans un coin de sa tête velue, il se demande avec angoisse :
Et si je n'arrivais plus jamais à faire peur aux enfants?

Par la fenêtre, il voit Franco qui peint un joli dessin à l'aquarelle.

Il aperçoit Anissa qui construit une maison avec des blocs colorés.

Et puis, il y a Rosie qui fait des culbutes sur le gazon devant chez elle.

Ils s'amusent, tout souriants.

Alors Grandedent imagine ce qu'il deviendrait s'il restait à Bravoureville,
entouré de tous ces enfants qui n'ont pas froid aux yeux.

Lui qui se réjouit habituellement de cris et de pleurs, il a perdu tous ses pouvoirs...

Et pour la première fois de sa vie,

c'est à son tour d'avoir vraiment peur!

BRAVOUREVILLE